歌集

花は紅

井上菅子

現代短歌社

花は紅　*　目次

花は紅

枯葉散る

秋雨の絶え間無く降る斎場の外に漏れきて線香にほふ

鳴けず飛べずの余生に秋の日は淡しきりぎりすにも晩年のあり

母とともに在りし二十七年亡き後の三十七年またの命日

青年の隣に固く座りゐて窓に逆光は容赦なく射す

枯葉散る音か時雨の降る音か地上に物の哀れが落つる

北の海の潮旨からむふつくらと盛り上りたるこの貝柱

そこに無きときより深く静まりて亡骸を置く部屋の広がり

三日狂ひて吹雪く明くる日紺碧の空　空々し雲一つなし

像なき憤りありき憤り支へとなして生きて来にけり

一日に同じ畳を幾度踏み主婦に終業のベル鳴らず

花の切手小鳥の切手幾枚もしまふ引出しの奥の暗闇

ガラス隔てて

夢の中に花苗植ゑてゐるわたし希望は夢の中にて叶ふ

傷つけぬやうに気遣ふ各々がガラス隔てて深く傷つく

低きまで下りきて庇ひ呉れしこと一二度ならぬ器の深さ

己が影幾度踏みつつ夜の部屋に夢に逃るる床延べてゐる

高層の階に命のいくつかが宙ぶらりんに大病院の昼

郵便を出しに行くたび吠えてゐる犬よ来世は犬に生るな

死にし猫を思ひ出させてアンゴラのセーター畳の上に膨らむ

交配にも誤りありや胡蝶蘭にうすら眠たき花の色あり

人は根拠の無きことを言ひ言ひ訳をせぬとき架空のドラマ成り立つ

ヒヤシンスの根にたつぷりとお礼肥与へて満つる己の窪み

たわいなきことを長々聞き呉るる人の恋しと藤の花揺る

十七年の生涯なりき乳癌に逝きたる猫の祥月命日

杉の木の天辺までを上り詰め藤の見てゐる谷の暗がり

言葉に言はず

帯は他人の着物は姉のお下がりに辻褄合はす初夏の候

紫の似合ふ女になりたしと女の具体もちをりしころ

人間のつくり出すもの限りなし深紅のあぢさゐ臆面もなく

香しき香料入りの石鹼に洗ひて新たな汚れ身に染む

昨日一つ今日も一つの朝顔にわれは多くを求めてならず

昼の闇それぞれ深き女らの連れもなく来る展望レストラン

花の過ぎたるおいらん草に縋りつき斑髪切り何か祈れる

身と蓋の合はぬタッパー捨てられず棚に占めゐる位置の大きさ

重荷とは言はずに家族の荷を背負ふ男の背中いづれさみしき

本当の事はいづこにて言ふべきか金蓮花の花秋こそ美《は》しき

訣別は言葉に言はず秋風が閉めゆくやうに扉を閉ざす

百合も椿も平たく熨され押し花の絵を抜け出づる花の魂

仄々と他人の恋を聞く後をわれはスクラップの切り張りをする

田代島

船着場に出迎へくるるは思はずも毛のふつさりと長き洋猫

飼はれゐたる者のごとくに膝上に乗りたしといふ二匹目の猫

代々を大切にされ遺伝子に警戒心なきこの島の猫

山百合はいづれ咲くらむすつくりと草むらに立つ猫神社への道

人間の診療所なきこの島に当然猫の病院はなし

おそらくは魚より他の味知らぬ島の猫らの血は清からむ

三三五五の昼寝の猫に柔らかな陽は長く射す島の坂道

島の小径は猫たむろ道人間が遠慮しながら避けて通りぬ

腹を枕に貸しゐるこちら親猫か黒と黒とが重なり眠る

看板猫の垂れ耳ジャックをいつの間に耳漏れジャックと呼ぶわが仲間

あれもこれもジャックの子らし白黒の遺伝子濃きが幅利かせゐる

血の近き繁殖島にくり返し劣性の猫尻尾短し

取り立てて飼主のなき猫たちも気位高く尾を立て歩く

産むも死ぬるも自由にどうぞといふ島の猫に虐待の人間もなし

赤とらも三毛もをらねばわが猫の生れ変りに会へぬ猫島

魚に混じりて揚がる海星《ひとで》は春畑に肥料となるまで乾びに耐ふる

漁師らに縁起物とし大切に猫飼はれたる歴史も長し

島民九十猫はそれより多しといふ島に遊びて人間忘る

冬はいかなる試練のありや離島にて放し飼ひなるこの猫の群

老人と猫の他には人を見ぬ午後の入江に漁船たゆたふ

船着場に猫が見てゐる水平線この島出づることなき猫が

福寿草の花

帰り来ぬ者のごとくに石油足しグリル洗ひて一泊の旅

丑年にありしか父の干支すらもおぼろにて没後五十七年

癌の手術を控へて何を思ひつつ兄は過去帳の整理なしゐむ

ただ一度除草剤撒きし報いにて福寿草の花それより咲かず

わが生れし東京の空にＢ29飛びてをりけむ昭和十九年

壜の中に蜂蜜こごり幾年も逢はざる人を想ふたまゆら

新しき組長の文字几帳面に書かれて回る回覧板が

脊椎のやうに車を縦に止め接骨院は五時過ぎが込む

慇懃に名乗る電話の向うには磁気式ふとんのセールスの声

難波訛りの行商住みしこの辺りうるひの花がしんと咲きをり

慎み通る

言ふべきか言はざるべきか迷ひつつ揚ぐる鶏唐の油よく跳ぬ

日は差してをれどさみしき風景の佐渡を旅せし日も風化する

一枚も残らず木の葉散り尽くし遠い記憶がまた遠くなる

窓々に日射し明るきこの窓よりいづれの病も旅に行くべし

大きなる会社に沿ひて歩きつつ歪む擁壁のいく所見つ

平伏して春待つ草の健気さにわれは傍ら慎み通る

花殻を掲げて雪に埋もれゐるあやめよあやめまた咲きたいか

一人遊びがこの子も好きかいつもゐる畑に今日も鶫は一羽

喉元に留め置くこと一つあり四辻に風はくるくると舞ふ

仕分け棚に積まるる荷物の一つづつ方言漏らす「ヤマト」配送所

淡雪もわづか咲きたる白梅もまちがひでしたと言ふやうな昼

他人の庭の椿よ椿

あと少し伸ばして摘まう二センチの土筆を風の野辺に見て来つ

雄雉子の飾り立てたる背も尾も春の日暮はふと翳りもつ

線香の移り香ほのか家業まで運ばれ来たる封書を開く

修正して書き直す文消す文字の数だけ浮遊してゐる迷ひ

うす桃色の巨木に今日も会ひたくて他人の庭の椿よ椿

頭上昏くなりたる瞬時鳶にさへ支配されゐるわれの明暗

アレルギー指数ペットが高くなることを帰り来てまづ猫に告げたり

パンジーの黄の一色に縁取られ調剤薬局の北駐車場

半衿の白地に白の刺繡あり白の重さを見よと言ふべく

言葉の数足りなく伝はり行かぬもののまだ胸にありいづこに捨てむ

誤植指摘する手紙にも誤植あり雨の庭には百合鮮やけし

宅配の荷物に鬱も少しづづ頒けて送らむ受取り賜へ

紫とも白ともつかぬはかなさを売物にして新種の桔梗

現実より逃るる旅の峠越え山あぢさゐは日陰にぞ濃し

稲穂の光

逆光に見えざる顔の目鼻立ちただに昏しと人を覚えぬ

百合は山百合男は父が天下一夏の太陽どちらも似合ふ

この世あの世の芝居のごとく虫繁く鳴いてゐる夜の遠救急車

みんみんが励め励めと鳴く真昼大鍋に煮る利尻の昆布

少しづつこの世離るる涼しさに澄み透りたる稲穂の光

きらきらと秋の日の射す駅の前旅に発つ子を一人置き来ぬ

首の括れの下のふくべにたつぷりと蓄へてゐる瓢箪の鬱

もつと怒れもつと怒れと唐辛子もう一振りするたぬきうどんに

美しきもの崩す指悦びに勇みて食用の菊散らすなり

だれの心も捉へ得ぬ日を鉢底のなめくぢひたすら捕殺してゐる

後悔のなき日など無し薄の穂昨日南に今日北に揺る

土に還るか風とならむか

うどん一杯の客を戸口に見送れる女主人の笑顔大好き

渋抜きの柿玄関に置かれあり耳遠き兄声も掛けずに

土に還るか風とならむか将来を子に問はれゐるビール飲みつつ

藍色の朝顔なれど他所にてはいかに咲くらむ種子頒けてゐる

男性か女性かと子は真顔にて湯上げのための鯆に問ふ

死にし猫の診察券を大切に持ち歩くいつか用あるやうに

久々に雪道歩く四十分体は喜びの汗を噴き出づ

五百メートル先の立木のあをげらに会ひに行かむか今日雪晴れて

日当りに矮鶏ら動かず鶏冠など温めをらむ薄目を開けて

枯草は沈むばかりに冬眠の覚めたる蛇を載せて陽を浴ぶ

バレンタインも母の日もなきわが家にただ一つある猫の命日

朝の靄濃し

地祭に神の降臨乞ふ声が時雨の朝を地に低く這ふ

右に左に嬲《なぶ》られながら草原に己立つ位置乱るる薄

本音など言へばたちまち後悔の思ひ重たき雨の降る街

死にて平等などは偽り昨日より今日豪華なる祭壇に遇ふ

視界不良の橋渡りきて用件を忘れさうなる朝の靄濃し

一匹のみ生き残ること幸せか不幸か冬の部屋を飛ぶ蝿

昨日着たる袷の皺がアイロンに素直に伸びゆく何か物足りなし

いづこへも踏み入る足を支へよと草履に太き鼻緒をすげる

蟹を買へ蟹を買へとぞカタログが度々届く蟹の脚載せ

歩行者のわれにスピード落としくれたばこの臭ひも残す軽トラ

ゾウゾウと流るる水は憎々か雪消の水が堰溢れ出す

照り翳り激しく変はる一日の空の気分よ飴でも舐めよ

前も後も降り込めらるる雪の中バリウムの香をなぜ思ひ出づ

男のシャツ

スノータイヤの凸凹のまま凍りたるごみ集積所への朝の道

知らぬ人に気軽に言へぬ「こんにちは」大型犬に寄り行きて言ふ

午後の陽を反射させつつ黒御影粛々と建つ新しき墓地

低温やけどの痕《あと》が年経てしくしくと骨の近くで痛む夜のあり

夢の中に起りたること罪業の咎を受けぬかまづは伏せおく

草原をたてがみ吹かれ走る駒一頭二頭心にも欲し

力強き音に鴉は屋根歩き踏まれて重き朝の身起す

くどくどと重なり咲けるヒヤシンス冬のさびしき玄関に置く

腹の据らぬわたしは小さな余震にもこの家捨てて外に飛び出す

軒に干す男のシャツを裏も見よ表も見よと風嬲りゐる

巨《おほ》き花弁が鉢をはみ出し乱れ咲くパンジーよ君の身の程を知れ

往復びんたを受けたる心往復びんたで返せぬ心躑躅は緋色

水も折れつつ

水も折れつつ下ると思ふ喉深く水を折りたる痛みが走る

首をはね尾を切り太き背骨抜き今日存分に鯖を捌きぬ

くどからずさびし過ぎずに控へ目な華やかさ良し一重の芍薬

洗顔フォームのつもりでハミガキ握りゐる朝よりわれは笑ふほかなし

百合の花にも喜怒哀楽のあるならむ怒り噴き出づるごとき緋の色

アメリカシロヒトリ気取りたる名の集団に凌霄花犯されてゐる

香る百合香らぬ百合も一度の命の花を咲き満つるべし

初々しく恥ぢらひにつつ育つらむ殻まだ柔き舞々螺《まひまひつぶり》

彼の日は五寸今日は三寸刺さる棘豆腐のやうなる心をもてば

植ゑし覚えのなき鬼百合が次々にわが庭に咲く鬼の名の百合

湯沢紀行

魚野川に竿振り上ぐる一瞬を車の窓に見て通り過ぐ

島村《しまむら》のやうなる男をらぬかと湯沢訪ねし遥かなる日に

カウンター越しに舞茸揚ぐるを目の前に見つつ食べにきこのうどん屋に

「高半」に駒子を語りおのおのの好みの酒酌む歌の仲間と

村人が茅を背負ひて下り来し坂見ゆる部屋いづこにぞある

高原の沼に井守は手も足も伸ばして夏の日差しよろこぶ

虫をくはへて頬白二三歩飛び跳ぬる「アルプの里」に夏は闌けゐる

洋菓子のケース明るし一日を心ひもじく過ごす夕べに

生きて言へぬことをぶつぶつ呟きて死ぬのだらうか終の時には

入るべきか出てゆくべきか思案して敷居の上に亀虫居座る

砕石場の跡地はやばや翳りきて草の紅葉の色も暗みぬ

溝萩

父の棺を埋むる土を七歳のわれもかけにき手を添へられて

大地震に電気つかぬ夜昼の服着のみ着のままふとんにもぐる

立て付けの悪き建具がまづ揺れて震度一、二の余震も知らす

休眠期いと長かりし佐渡の百合炸裂したる花の朱の色

半分で止めるこ長く囀るこ青田を渡るうぐひすの声

溝萩の混じる草生のひとところ盆が来てゐる母が来てゐる

父

無精卵いく度産みし水槽に年経る金魚の無表情

生れ付きの姓のごとくに夫の姓名乗りて大方の妻の安住

鈴虫も死にてしまへり鈴虫に買ふ胡瓜にて作る酢の物

谷間《たにあひ》の村通るとき蕾もつ桐の梢に淡き冬の陽

蟹の脚無様にせせるこの白き身の覚えゐる国境の海

笑ひつつごまかすたびに増えてゆく目尻の皺の溝の深さが

遠き日の苦労話もほのぼのと老いたる兄と語る正月

長兄と末子のわれのみ生まれたる土地より離れ一世終ふらむ

八十になりたる夫婦も喧嘩の種たまにはあると兄嫁笑ふ

二葉から成長をする絵のありき父の見てゐし農業の本

ざら紙の農業の本頼りつつ戦後の父の俄百姓

七歳の記憶に遠く父死にし一月十日の粉雪の道

吹雪く日は祖先の霊も籠もりきり嫁も静かに籠もりて過ごす

鰊焼く匂ひ漂ひくる日暮れ幸せの家風上にあり

山の斜面を崩しし墓地の墓石ははやも傾く死後も危ふし

父母の声真似て

亀虫にも矜恃あるらし窓枠の下より三寸居場所を変へず

向ひ風は上着の前を広げむとしつこく同じ道筋に吹く

美容院の庭に乾さるるタオル揺れ揺れるリズムに合せて眠し

遠慮がちに啼くうぐひすの朝の声聞きつつ乾く鉢に水遣る

昨日父の今日母の声真似て啼くうぐひす明日また母真似よ

蜂蜜を買ひて出づればほろほろと橡の花びら白足袋に落つ

見よとばかりに向ひの山に落雷すわれはこの頃悪事してゐぬ

ケーキ買ひに行きたる店にケーキなし満たされぬこと夢にもありぬ

桂若葉のさやぐ梢に日はやさし人の知らざる平安あらむ

松本仙翁朱々《あかあか》と咲く苦しめる魂あらばここにて遊べ

店閉ぢてしばらく経ちしうどん市藍色深きあぢさゐ盛る

ピーマン香る

暑き日の日暮金魚も水槽に立ち泳ぎして深く思惑す

白足袋の親指ぷいと反り返りつまらなき意地ここに現る

一息に鯖の頭を切り落し朝より柾の俎板穢す

ノーの言ひ訳あまりに出来すぎ後悔をしてゐる夜のジェット機の音

藪萱草の花は明るし国道にむささび一匹轢かれてゐたり

ビニールの袋を通し壮《さか》んなる命の匂ひピーマン香る

今日の失敗明日忘れたし散り敷ける凌霄花の花を掃き寄す

花鉢に固形肥料をまた与へ不満も愚痴もここにて溶けよ

鋭き声上げて鳥行く人間はいかなる時に指針誤る

何事もなかりしごとく一夏を踏まれて育つ草に花咲く

獅子頭押し戴かせ信心の程をはかりて直ちに離る

弱き者捕まへ朝々晴らす憂さわれを恨むななめくぢの女男

曼珠沙華赤きサルビア晩秋は急き立てられて命を燃やす

桜餅

燻りて弾けぬ夏の雷の背中をドンと押してやりたし

怒りなかなか治まらぬごと煮からめる砂糖の泡の勢ひて噴く

桜の葉ほのかに香り雪の日の心豊かにする桜餅

暗渠より雪解水の音のする春は地下より密かに伝ふ

アノラックが今日は暑いと配達の灯油を詰めて春を告げゆく

一度も着ずに逝きたる人の一簞笥黴の臭と共に譲らる

馬場が楽しとスキップしつつ登場する競走馬の涼しき眼

土踏まず盛り上りゐるサンダルの赤きを買ひぬ家事励むべく

骨折

日の射してゐる窓揺らす風のあり一人がさみしい晩秋の午後

青南蛮に唐辛子振り炒めらるる海老よだれかの口にて狂へ

口中に鮭の卵を潰すとき鮭はいきなり命を濃くす

はりはりと氷を踏めばはりはりと心の奥に折れる音する

ワンフレーズのみ覚えゐる流行歌「あなた明日が見えますか」

悲しみを待つにあらねど新しき喪服に入るる家紋の木瓜

冬の水に時折動く老金魚薄き尾びれの先まで命

空き家となり久しき庭にも春を待つ馬酔木紅の花房を垂る

唐津焼の模様のやうな枯れ葦が頼りなく立つ雪の野原に

目の前が見えなきほどの雪降りに歩く男よあなたも孤独

ギプスぶつかりごつんといふ音脳髄に響くよ寒の厨に一人

階段の昇り下りも長距離に思へる骨がじんじん痛み

皮膚とギプスのわづかの隙を漏れ出でて体の奥の苦渋がにほふ

買物にも行けず片手に肉のなきカレー煮てをりふつふつさせて

ギプスの腕入る服なしのびのびの同じセーター腕なり曲がる

右に左に転がしながらキウイ剝く片手使ひも少しは慣れて

いつかまた逞しくなる日のあれよ骨折の予後頼りなき手よ

結社違へど

白菜の古漬け煮つつ不遜にも訃報の電話片手に握る

カンコちゃんと親しみ込めて呼びくれし声もこの世でもはや聞かれぬ

椿駅にて椿のやうな人に遇ふと褒め上手なりき初対面に

一人二役のダンス披露し宴会に歌人の裏の姿も見たり

フランスの旅に覚えしワインといふ宴席に幾度勧められしか

結社違へど垣根作らぬ人柄を慕ひし人らの一人ぞわれも

心にはやけどを負はぬ数年を湯たんぽ抱きて足に火傷す

さびしげに目を伏せて立つマネキンに着せられてゐる豹柄の服

男物のハンカチ選びゐるうしろ物知り顔に友避けてゆく

さんま旬にあらねど鱗光らせて連れていってと見ゆる照明

すくすくと育ちてをらむ風の野のすみれもつくしも花虻たちも

肉厚な花弁たつぷり陽を吸ひて黄花木蓮庭に微睡む

朴の花白く豊かに咲く峠何か違ふぞ今の気持と

思ひ人ここを通ると山吹の打ち靡きつつ告ぐる峠路

降りもせず轟きもせず遠くよりくすぐりて去る春の雷

父の日われは

そそり立つヒマラヤ杉は暁を東西南北影まで孤独

父在らば買ひてやりたき大吟醸売場に見て過ぐ父の日われは

螢袋のうつむく花の数だけの悩みを聞きてこの土乾く

思ひ抱くところのありや夏痩せの雄猫朝な夕なに訪ひ来

腹の底より揺さ振り今日の雷は男らしいぞ雨も賜はれ

あの世でも町内長を頼むと言ふ会話が聞ゆ墓の掃除に

鯵の光る眼は語る昨日まで粟島沖を游いでゐたと

ひつそりと寄り添ふ気配五年前死にたる猫の盂蘭盆会

これの世に思ひ残しし魂の炎《も》えて真赤き鬼灯の群れ

啄木や茂吉を語るセミナーに生き残りの蚊混じり聞きをり

風強き仙台の街大切なものまで攫ふ歩道橋

暮れてなほ灯さぬ厨いきいきと食用菊の香りが動く

鍋焼うどんふうふう食べたくなる夕べ一日だれとも話さぬ今日は

山裾の家

山の根方は雪深からむ喪の家の晩秋の庭土が冷えゐる

縁ありて親戚となり三十余年初めて訪ひぬ死者を見舞ひに

山裾の喪の家訪へば出没の熊の数など話題にしをり

老いし母と娶らぬ息子残されて山裾の家に冬長からむ

葉山颪の防風杉に午後の日の当らぬことも慣れて気にせず

ゆりの木にゆりの花咲くことのなし街路樹はまた枝の剪られて

片手使へずキャベツはさみに切り分くる怪我は思はぬ知恵膨らます

重きギプスと共に寝ぬる夜いづこより来たるや夢はいづこへか消ゆ

廃校が老人ホームとなる施設われは教室で死にたくはなし

同年比百四パーセントの骨密度あまり意味なし転べば折れる

一箇月使はぬ腕がほつそりと現れてくるギプス外せば

ゆるみたる蛇口の水の滴りの遠間隔よ春の日も暮る

黄のプリムラ

嫋やかに尾鰭胸鰭揺りながら餌が欲しいとわが老金魚

桐の箪笥の律儀な柾目遂げられぬ夢も大事に仕舞ひくれさう

友以上恋人未満よい言葉覚えて枯葉踏み崩しゆく

ことごとく末枯れ果てたるハーブ園土にかすかなミントの香り

昨年も一昨年もここに立ち電飾したるやツリーの埃

ざつぷりと霙に濡れて車ごと冬に突入する覚悟

高速道路逆走してゆく車あり夢ではあるがわれかもしれぬ

箱に並ぶいか一様にわれに向き眼光らす売場を離る

何も育たぬ心につくづく鮮しき草の緑の芽生えが見たし

ホームセンターに三百円の幸せを今日は買ひたり黄のプリムラを

人間のやうなる名前付けられて呼べば振り向きし黎乃《あけの》といふ猫

雪の上の落花の椿赤々といまだ命の未練捨て得ず

パジャマにも雪の結晶描かれて幾重にも重し冬といふもの

いい加減なびきてやれよ甲高き鵯の声今日聞き飽きた

いつの安売りに買ひたる物か冷凍を解かれて身薄きいか炙りをり

黄に色付くつぼみの枝の撓みつつ今日吹雪かれて朝鮮連翹

善行尽くす

傷口を広げつつ吹くよ雪原を光りて疾《はし》る早春の風

青澄める空に真白き昼の月物憂いといふ呟きを聞く

営業はしてをらぬらし吊り下がる「モカ」の看板風化の年月

住む人の変りて今は斎藤さん吉田さんもこの路地になし

生爪剥ぐ

みんみんが駆け昇るごと鳴く庭に死して魂いづこ行きしや

蓮の花咲き夏水仙咲き飄々と逝きたる人の初七日も過ぐ

手当たり次第止血に使ふを冷静に見れば大事な大判ハンカチ

若き外科医の「痛かったでしょう」の一言がいつまでも効く治療の後を

いつの時の罰が当るや爪剥ぎの獄門の罪いくつもありしが

熱帯魚の鮮やかな色水槽に見つつ待ちゐる鎮痛剤

いつよりも口数多き薬剤師生爪剥ぐは興味深きか

親なく育ち

遠慮がちに膝あたりより甘えくる死にたる猫が夢の中にて

人間と同じ病気に苦しみし猫の最期をわれ選択す

回覧板持ちゆく家の前に待つ猫抱き上げて帰りたりしよ

小きより親なく育ち鍋の中に好み入りき幼少期

母の手の温みのやうな白餅のふはふはを食ふ一人の昼餉

甘党にあらねど冬の桜餅食べゐるときの心やさしも

里の桜に遅れてしんと山桜白きが真夜も眼裏にあり

熊野山頂の茂吉の歌碑に霧を避け気付けに飲みきニッカウィスキー

直向きに咲く駒草を踏まぬやう刈田の馬の背熊野へ越えき

秋の服

用件のみ話す電話に咳き込みて途切れ途切れの数分を終ふ

先輩であり先生であり戦友の君よゆめゆめ病みて呉るるな

三日前まで歌会の講師をしてをりし君の急変まちがひであれ

幾度も読みてやうやく判読す四十度の熱圧して書くといふ文

氷柱のやうに構へて会ひにけり病室出でて氷柱崩る

秋の服でも買はば少しは紛るるか君を見舞ひて寄る百貨店

命の期限切られ病む人思ひつつ夜来ればタ餉の豆腐切りゐる

天からも地からももはや来ぬ文を郵便物に探して今日も

葬送に送りてもなほ信じ難くまた歌会にて会ふと思へり

だれかれの訃報を報せくれし君いま君の死をわれは伝へて

大切な人の逝きたる虚しさと銀杏落葉の明るさが似る

ここに立ち祝辞言ふべく君ふいにこの世より消ゆこの祝賀会

浄土への人に報告したき文いづれのポストに投函せむか

点滴も投薬もなく病み臥せる終末医療をどうとるべきか

「みんなで仲良くやってくれ」つぶやく夕日の窓を背にして

はればれと逝きしにあらぬを葬送のあの秋晴の皮肉さは何

中陰の今なら間に合ふ匿名が判明したると告げてやりたし

急逝の君の名前が消されずに載りゐる「短歌手帳」が届く

いつも君の味方だと言ひ煽てられ走り来りぬこの十余年

短歌への「異論・同論」四十篇重きファイルに教へられ来し

四十度も熱のあるとき人間でなくなると言ひき小康を得て

寒の星

止み間なく雪降り隠す冬の沼底ひ静かに物思ひする

湿りなき風が尖りて走りくる胸を刺すのか逸れてゆくのか

愛媛よりみかんを買へと親友の便りのごときカタログ届く

何食はぬ顔に待ちつついづこかが歪みてをらむ整体患者

還らざる命のいくつそれぞれの名に呼びてみる寒の星

超えて来し哀しみの跡ここにおき目尻の皺の美しき人

栄華極めし名残の雛を末裔が夢の続きの雛《ひひな》飾りす

トキの里に「ヘビが出ます」といふ看板地面に低き佐渡の思ひ出

白牡丹の芯昏みゆき明暗を抱くわたしの一日も暮るる

ただ一度名に呼ばれたることのあり集合写真の席示すとき

去年在りし人この日なし栃の花夕闇に白く天に上りつ

いつか負ひし傷思はせて垂れたる緋桃の赫さ濃すぎる赫さ

夕映えの色

剥がれぬと言はむばかりのキャベツの葉無理に剥がして密かな愉悦

栗の花盛りあがりつつ咲く一樹猛々しくて夕暮の来ず

治癒薬のなかりしころの光風園跡地に明るき高校校舎

陸橋を上れるときに遥かなる西空に赫き夕映えの色

猫の首に点滴を打つ練習を夢にまでみる射さらぬと言ひ

点滴に命をつなぎゐる猫が雨の止みたる庭に従《つ》きくる

干し籠に揺られて風の吹くたびにバジルの香り窓より入り来

おほよその哀しみを経て強くなる心も体も二の腕までも

新聞も郵便も来ぬ日の長さ幾度も見に立つ昼の朝顔

鰹節に頭突つ込み逆さまに鈴虫至福の昼下がり

コスモスの花一つづつ輝ける命をもちて秋の日溜り

草の径石ころの径いづれにも追はれたくなし夕光は背に

分かり合へることはここまで電灯を消して一人の闇を守らむ

歌支へとし

ふとある夜絹裂くやうな悲鳴あげ最後の鈴虫命果てたり

年々に涙腺緩むが来し方を顧みるとき己れを泣かず

世に縋るもの無きころに始めたる歌支へとし半世紀過ぐ

家族自慢聞きつつ雨の街並を見下ろす私の心にも雨

地に低く這ひつくばりて濡れ落葉掻き集めゐる業深き技

爽やかなる薄水色のあぢさゐが脈絡もなく冬の夜恋し

一緒にやりし仕事が楽しかつたこと言はう言はうと言はずに過ぎき

梅擬きの赤き実冷たく光らせて今日立冬の日暮の寒さ

二十時間は寝る習性といふ猫を駅長とせしは人の身勝手

朝々に抜け殻増えて今朝の蟬コスモス頼り羽化してゆけり

ほたる

点滴の液室温に温めて二日に一度の今日点滴日

幾度覚悟を決めたることのある命腎臓病の猫と暮らせば

塩分摂取量もう守らない焼きたての塩鮭好きなだけ食べよ

十六年呼ばれたる名に応へゐる薄く小さき耳を震はせ

一日おきの点滴毎日打つことが最善策と家族で決めぬ

皮下点滴自宅でやりて八箇月打つも打たるるも命守るため

抱きかかへトイレの砂に置きやればへたりと座りもう起きられぬ

深閑と静もる冬の森のごと命終《みやうじゆう》近き猫の静もり

捨てられて厳寒の町放浪せし子猫のころが不憫でならず

半眼を閉ぢずに死ぬは「おかあさんをまだ見ている」さうなのか

悔ゆるなく看取りの長き八箇月長きがゆゑの思ひ出の数

風除室に影を映して人過ぎる亡き猫の名を呼ぶ日の暮れを

この畳にこの濡れ縁に日向ぼこしてゐし猫よいづく行きしや

猫の掘りたる楓の下の穴幾つしばらく埋めずわれ悲しまむ

だれを呼ぶより柔くやさしく猫の名を呼びて慈しみし十六年

漆黒の闇にほたるの飛ぶやうな黒猫きみをほたると呼びき

日に幾度も呼ぶ猫の名を春風も覚えたるらむ茎立を干す

坐り直して右から左に向きを替へ耳のさうぢを委ねしわが猫

捨てられし生ひ立ち不憫に情深くかけて飼ひにき十六年を

名を呼べば三分以内に駆けて来し田んぼの方から空地の方から

夜の布団に生前一度も入り来ぬ猫の弁へわれは悲しむ

浣腸をしてもらふとき人間と同じやうにて猫も苦しむ

人間の言葉ますます理解して聞分けのよき老猫かなし

天気良ければ散歩に行つておいでと言ひ現にあらぬ猫に声掛く

黒猫に似合ふ真紅のガーベラも加へて墓参の花を買ひたり

いまだどこかに居さうできみの名を呼びぬ日の差す座敷に玄関先に

芥の他見当らず

猫病院休診のメモあちこちに記す手帳の続きを使ふ

庭に燻せる燻製の香よ幸せはただこれぐらいの大きさでよし

おもむろにのみど下りゆく微温き白湯今日は激しき言葉慎め

ガラス張りと言へども檻に違ひなく空ろなる目にフラミンゴ佇《た》つ

煌めきて宙に舞ひゐしはかなごと落ちて芥の他見当らず

台風の過ぎて草々透き通る過去となるものなべて戻るな

国境を一跨ぎして恐れざる子をおそれつつ帰国待たるる

台所に迷ひ込みたる鬼やんま羽化見届けしかの日の君か

猪料理閉ぢたる店の夏草に混じりて白きさるすべりの花

三角の尖りの先まで鬼灯の赤き秋なり母の忌近し

秋明菊の花弁風に散りゆけば一輪といふ絆も消ゆる

彼岸花ことし二本に殖ゆることだれも聞いてはくれぬよろこび

雪くればまた春のくるしるしとし嘆かず見上ぐ層厚き雲

冬の靴

釣銭が無いからと言ひ二十円まけて呉れたり焼鳥六本に

亡き猫の喪はわが胸に明けぬ日を子猫を飼ひて家族沸きゐる

ゐろりは今閉ぢたるばかりと言ふやうに鉤揺れてゐる山家のそば屋

昭和の恋いくつ知りしか黄緑の公衆電話まだ村にあり

温かき縁取りの付く冬の靴買へば行きたしかの日の街に

スイートポテトの甘き香りに言葉には言はざりしことふと思ひ出づ

エレベーターは速やかに降り決断の確信のごとドアが閉づる

細く冷たき艶やかなるそば運びくる峡のそば屋は言葉少なに

暗渠を流れゆく水硬質の清き音する山間の町

和やかに菓子の礼など言ふ電話八十八の懐かしき人

マロニエの咲く家

姓でなく名前で患者呼ぶ医者に手術託すと心に決めぬ

香ばしき香りの満ちてスーパーの実演今日はポップコーンを焼く

レジ越しに赤き金魚の游ぐ見ゆホームセンターの春の売出し

幾人の髪の思ひを切りて来し美容師軽く握る鋏に

風も空気もあつけらかんと吹き抜ける新開地「嶋」いつも寒かり

マロニエの咲く家ありしが探せずにだらだら長き坂下り終ふ

木蓮の繁みの中に啼く雀姿見えぬが二羽と覚しき

姫女菀の白き小花が物憂げにそよぎ合ひゐる売地の草生

漂白剤

隙間なく重なり合ひて空覆ふ桜の下の暗がりが好き

黄の水仙ことごとく揺れ春風の嬲りゆくもの洗礼ならず

漂白剤臭ふ指にてみかん剥きどちらもにほふ指にペン持つ

しばし転がる枯葉が裏を表にし止まるを見たり寒く帰りぬ

玄関にも里芋転がし乾くまでくらし露に秋の日短か

ぬるでの葉かの日も真紅に燃えをりき葬送終へて帰る峠に

猫を呼ぶとき声色変はると言はるるがこの平穏の長く続けよ

音も無く晴れたる裏の枯庭にふいに雀の揉め事を聞く

カンボジア

ヒンドゥーの女神に似たる目の窪みスカイアンコールの客室乗務員

機内放送一つも理解出来得ぬが笑顔で言ふゆゑまづは安心

摂氏三十五度の樹林に繁き蟬の声耳に痛しもアンコールワット

長き耳にピアスを垂らすクメール兵物語長しバイヨン寺壁画

裸足の子ゴム草履の子大方は朝飯食へず学校に来る

牛を食ひ犬も食ひ鱠食ふこの国の民に肥満はをらず

牛も犬も痩せたるままに食ふといふ痩せて骨張る人間が言ふ

細る手に絵はがき買つてくれよと言ふ縋る眼のカンボジアの子は

学校に行かず絵皿や絵はがきを観光客に売る声必死

蚊の鳴くやうな声に物乞ふ男の童その妹を胸に抱きて

浅黒き肌にきらきらする眼真直に見上ぐる子に罪はなし

哺乳瓶はミルクにあらぬ水ならむ泣き止まぬ子を揺する目空ろ

地雷にて吹き飛びし踵てらてらと光るはいまだ歴史あたらし

ブーゲンビリア麗しく咲くシェムリアップ裸足で物を乞ふ子どもたち

橋の上は夜風が涼し幼子が膝枕にて赤子を寝かす

内戦の痛みは今も生々と幼き児らと女が背負ふ

あとがき

第四歌集『風に問へば』を出版したのが、平成二十九年でした。あれから三年しか経っていませんが、「えにしだ」が終刊した今は、往時の作品を一つの区切りとして、早くまとめたい思いに駆られての出版となったものです。

この集には平成二十一年から三十年まで、「えにしだ」に発表したもの、「短歌研究」に掲載された歌など、年代順に四百五十首を収録しております。

猫の歌を多く載せておりますが、三十七年間猫と共に生活して猫も生活の一部です。

私だけでなく家族皆が好きだったせいもありますが、歴代の猫には捨てられていたものを保護した数匹もおります。そして何匹も看取りをして悲しい思いもしました。そんな中での歌は当然甘く締りのないものですが、人間は人間を裏切り猫をも裏切りますが、猫は私を裏切りませんでした。愛する者への弛んだ歌も載せた理由です。

題名の『花は紅』は、禅語に「柳は緑花は紅」があります。禅宗での悟りの心境をいい表す句とありますが、私の場合そのような畏れ多い意味ではなく、華やぎに遠い生き方の中で、紅の花はいつも憧れの存在でした。そのような意味から、今までの歌集とは趣を異に、華やかな題名にしたのです。

表紙絵はこの集のために、日本画家の草苅一夫氏にわざわざ描いていただいたものです。

椿の絵を、という私のおねがいに、椿のまだ咲かない季節から心配りをして、六号の画布に三作も描いていただいた中の一枚です。

ご自分の本のように親身になってくださった画伯に、改めてお礼申し上げます。

歌集名も表紙絵も、収録した内容にふさわしくないかもしれませんが、心のままにしたものです。

「えにしだ」終刊後の平成三十年、私は「冬雷」に入会して現在に至っております。

本来なら「冬雷」の大山敏夫先生に序文をおねがいするべきところ、入会して日も浅く「えにしだ」に載った作品が主なので、割愛させていただきましたこと、おゆるし下さい。

出版に際しましては、現代短歌社の真野少様、関係スタッフの皆様には、細部にわたり大変お世話になりましたこと、心よりお礼申し上げます。

令和二年七月

井上　菅子

著者略歴

井上 菅子（いのうえ・すがこ）

1944年　東京都生まれ

著　書　歌集　『草雲雀』『風向計』
　　　　　　　『大和の春』『風に問へば』
　　　　随筆集『コスモス有情』『ときの形見に』

所　属　歌誌 冬雷
　　　　山形県歌人クラブ
　　　　現代歌人協会
　　　　日本歌人クラブ
　　　　山形市芸術文化協会

歌集　花は紅

発行日　二〇二〇年九月十六日

著　者　井上　菅子
〒九九二―〇八三一
山形県西置賜郡白鷹町荒砥甲七八六―六

定　価　二七〇〇円＋税

発行人　真野　少

発　行　現代短歌社
〒一七一―〇〇三一
東京都豊島区目白二―八―二
電話　〇三―六九〇三―一四〇〇

発　売　三本木書院
〒六〇二―〇八六二
京都市上京区河原町通丸太町上る
出水町二八四

装　丁　田宮俊和

印　刷　創栄図書印刷

製　本　新里製本所

ISBN978-4-86534-343-4 C0092 ¥2700E